愛してると言えなかった ありがとうと言った

aishiteru to ienakatta
arigato to itta

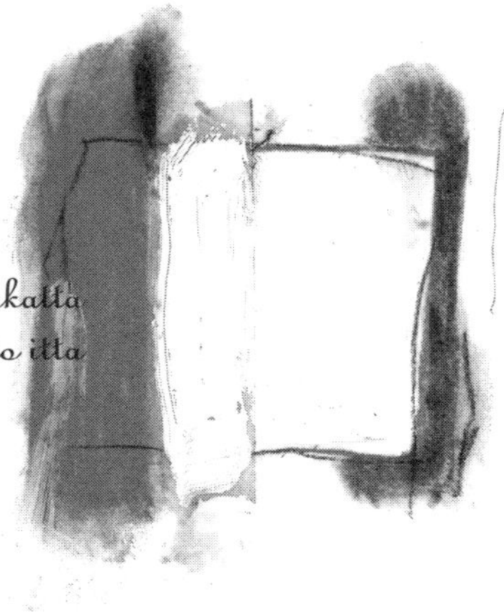

Masatsugu Kawabe

川辺正継

文芸社

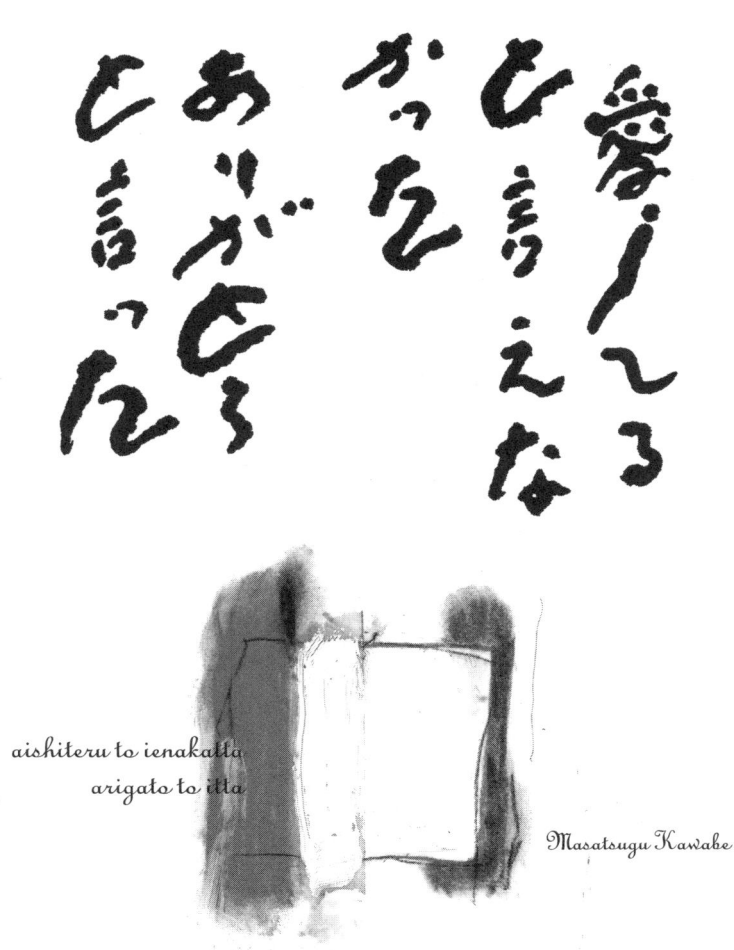

愛してると言えなかった
ありがとうと言った

——目次

弟　9
ジョーク　10
片思い　10
恋の迷宮　11
或、恋人　11
太陽　12
恋の始まり　13
絶望の人へ　13
失恋　14
さびしくて　14
夕立ち　15
赤い星　15
坂道　16
夏というものについて　16
生きる　17
ため息　18
無関心　19
出会い　20
仲間はぐれ　21
雨　22
大切な人へ　23
傷つける痛み　23
ミミズ　24
25　人生
26　絶望
27　男と女
28　遠回り
29　カラス
30　夢
31　涙のゆくえ
32　優しい気持ち
33　涙したあとの時
34　夜は気まぐれ
35　鏡の前の僕
36　証
37　どうして……
38　小さな魔法
39　砂場のヒーロー
40　ヒューマンタッチ
41　思い出
42　青空の人
43　いい奴だよ
44　心はどこより……
45　抱きしめたい
46　男だもん
47　愛する心は自分に

神の祝福 48
目について 49
うどん派のプロポーズ 50
烙印 51
あすなろ 52
さよなら 54
無題 55
信じる唯一 56
突然のこころ 57
明日へと続く道 58
耐え難い夜に 59
孤独 60
ルードヴィッヒ作曲〝運命〟 61
感謝 62
あやまりまくり 63
僕と海 64
小銭は語らない 65
答えは僕に 66
口づけ 67
恋の闇 68
人間 69
人間だもん 70
考えよう 71
72 死にたかないよ
73 今さらありがとう
74 牙
75 期待の正体
76 何故だろう
77 Fall in love
78 流してたい……
79 ヌケガラ
80 恋はトルネード
81 優しさを知りたい
82 今が大事
83 ポツリ
84 夏恋は失恋に終りぬ
85 恋は速歩き
86 出会いと別れ
87 むさぼる男
88 花
89 ウルトラ
90 僕は思う
91 絶望の時
92 遠い空の下の二人
93 失恋
94 人生最大の苦難

明日のために 95
欲望の矛盾 96
恋のパーセンテージ 97
恋愛革命 98
失恋 99
惜愛 100
In the name of father 101
極悪蝶に咲いた花 102
ロウソクと愛 104
実らずの木 105
愛は必然 106
君の名 107
あなたのページ 108
関白宣言 109
女心 110
我悩む故に我在り 111
太陽と闇 112
ハートの中 113
盲目 114
尊敬 115
冬 116
人は人によって 117
初めて出会ったあの日に 118
119 抱きしめる事の意味について
120 恋をしようよ
121 Thank you
122 皆さんへ
123 どうしてだろう
124 失恋
125 寒い夜に
126 最後の言葉
127 Kiss
128 瞳
129 命の証
130 強すぎた思い
131 水
132 いつから僕は
133 希望
134 恋
135 僕
136 意地
137 利己的遺伝子
138 あなたの心
139 三年
140 懺悔
141 タクシー

それが愛 142
夢にそうであれ 143
愛してるの響き 144
ロミオ＆ジュリエット 145
告白 146
頭だけのカブトムシ 147
ナポレオン 148
天空への想い 149
幸福の薬 150
階段 151
夢追い人 152
堕落の果て 153
美 154
知の覚醒 155
愛し合い、そして…… 156
ルーツ 157
休息なんて 158
口づけたい 159
涙する時 160
ギャンブル 161
不幸 162
人間失格 163
嫌気 164
165 僕のもの
166 僕の愛し方
167 利己的な時
168 勝手にしやがれ
169 罪と涙
170 愛の覚悟
171 家庭教師
172 星と君
173 君に電話
174 滑稽な愛
175 約束
176 友情
177 七夕

書　吉田　堂子

弟

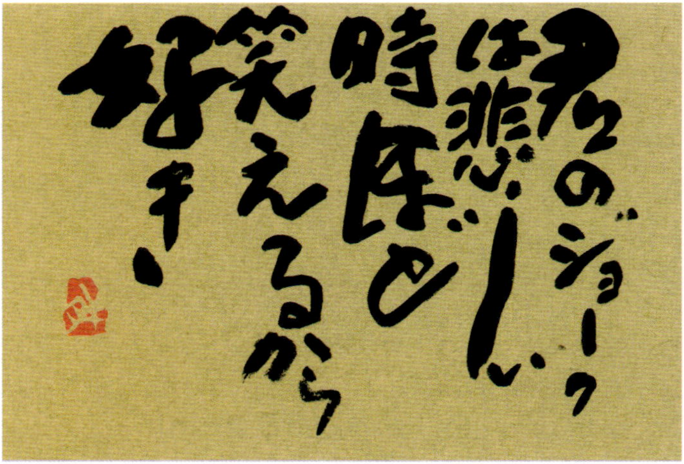

ジョーク

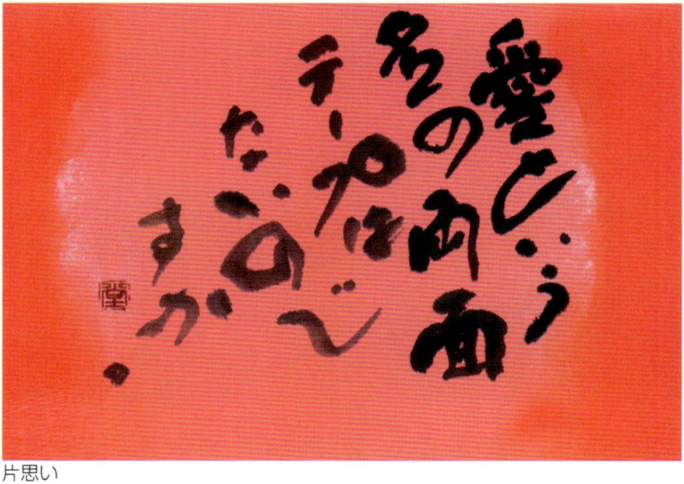
片思い

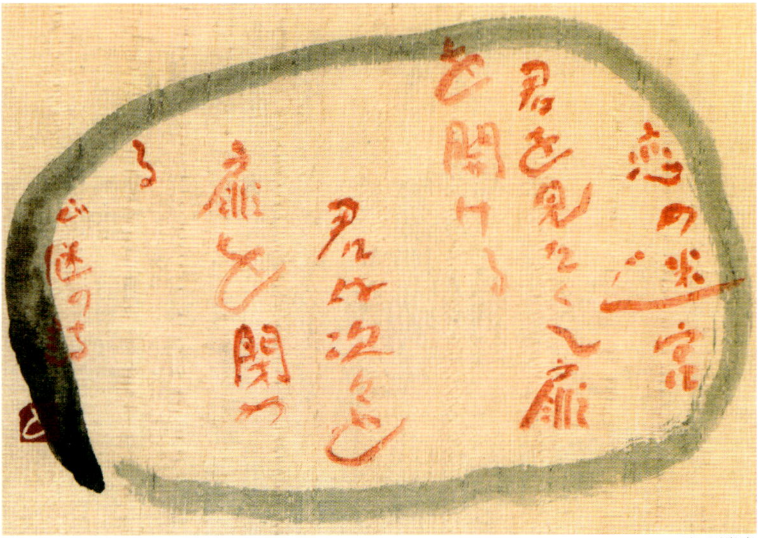

恋の迷宮

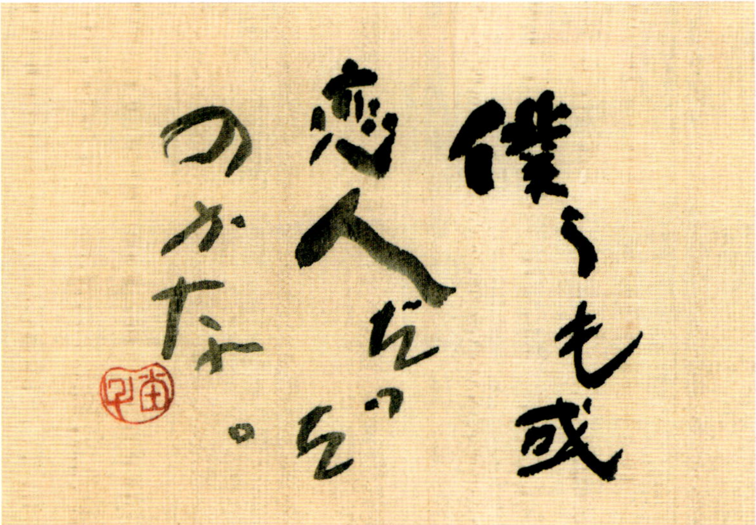

或、恋人

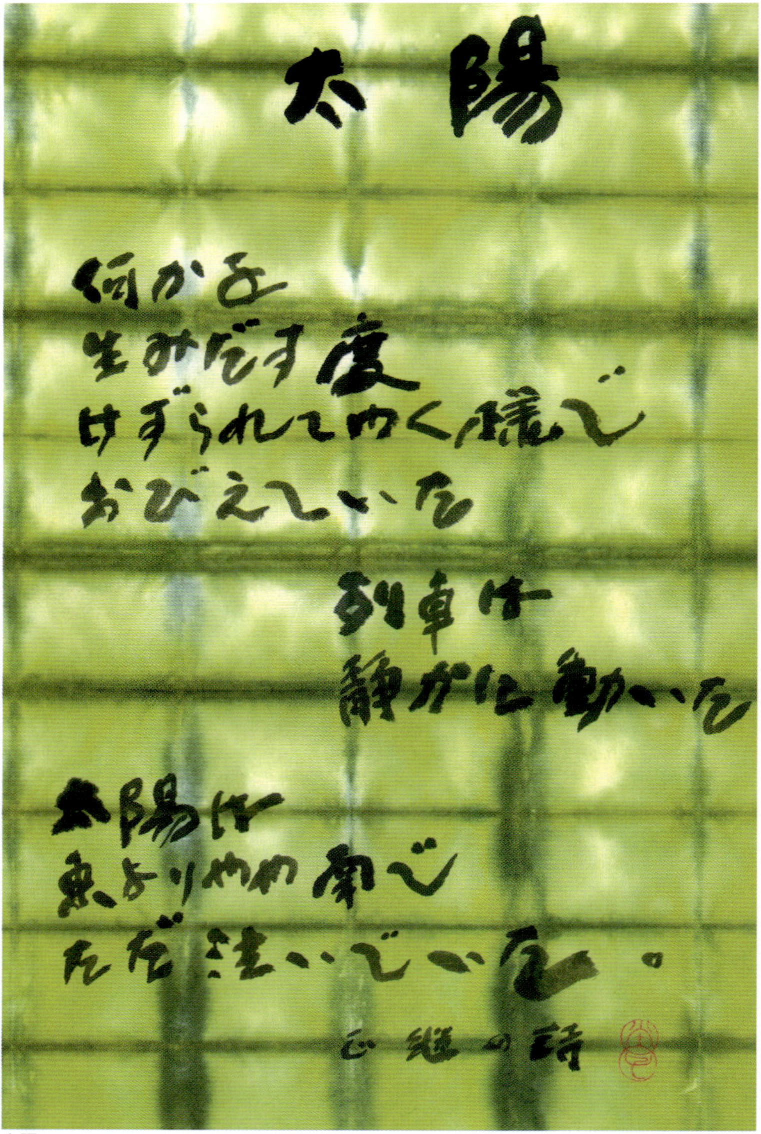
太陽
何かを
生みだす度
けずられてゆく様で
おびえていた
列車は
静かに動いた
太陽は
東よりやや南で
ただ注いでいた。
正継の詩
太陽

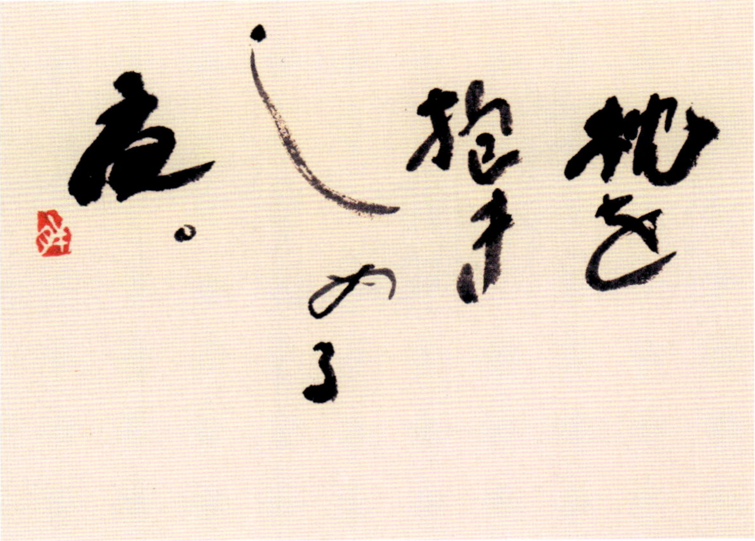
枕を抱きしめる
夜。
恋の始まり

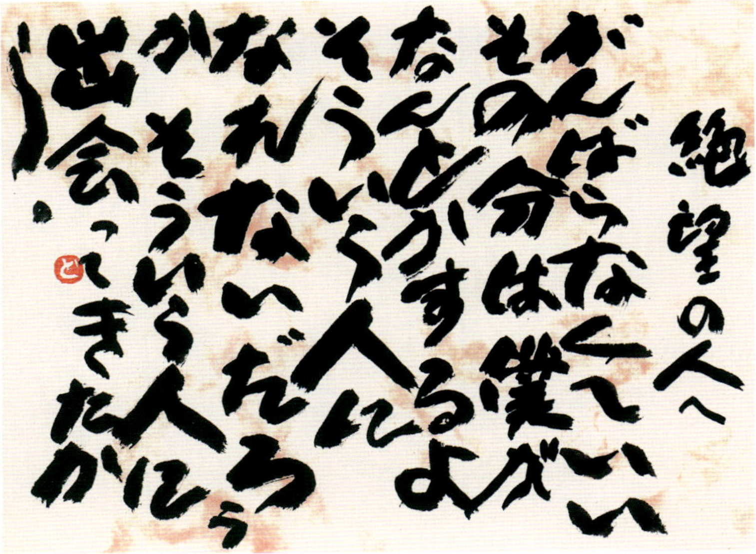
絶望の人へ
がんばらなくていい
その命は僕が
なんとかするよ
そういう人に
なれないだろう
かそういう人に
出会ってきたか
絶望の人へ

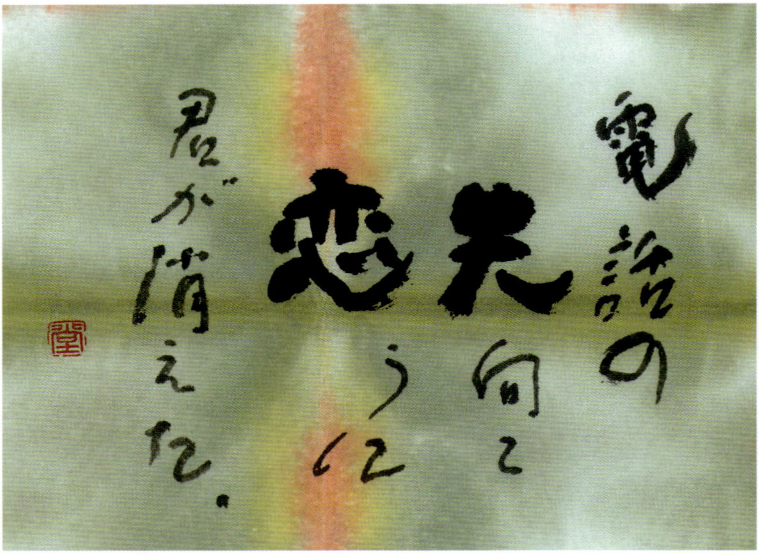
電話の
失恋
向こうに
君が消えた。
失恋

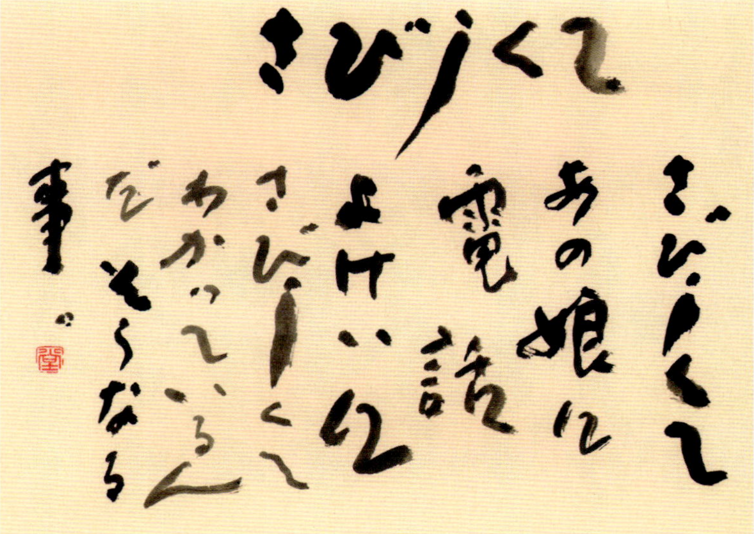
さびしくて
さびしくて
あの娘に
電話
よけいに
さびしく〜
わかっているん
だ
そうなる
さびしくて

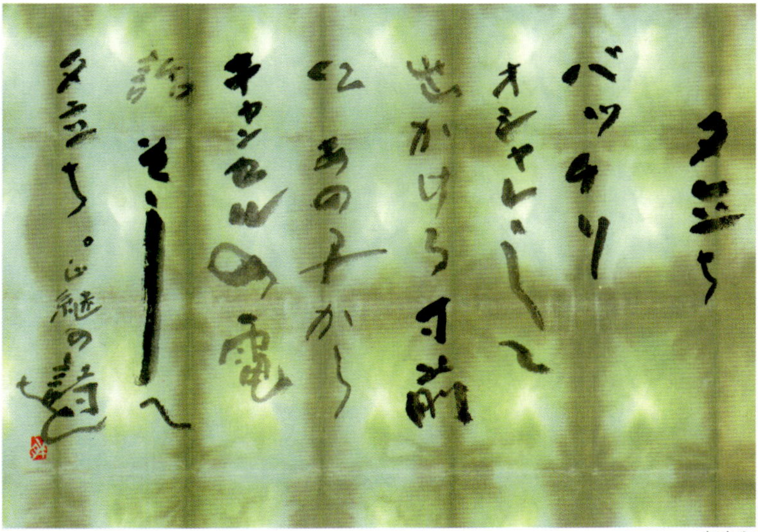

夕立ち

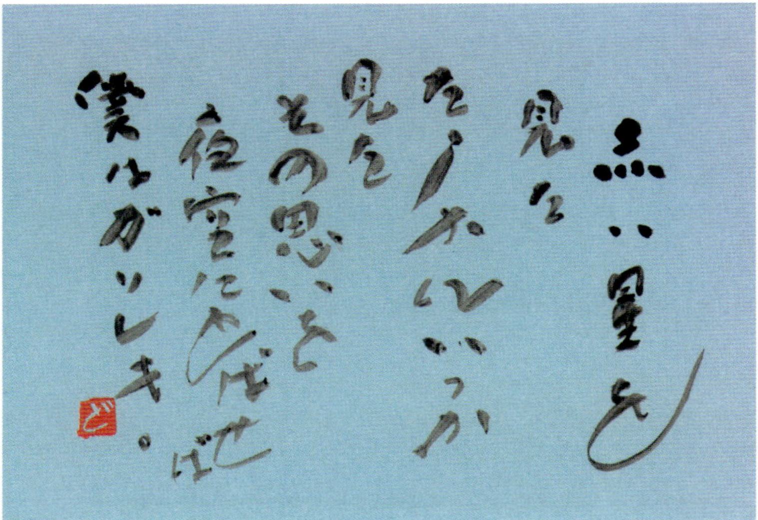

赤い星

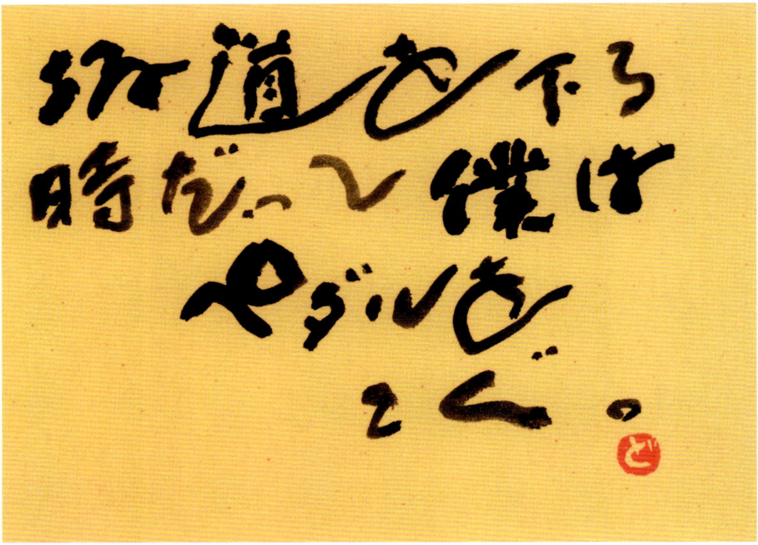

坂道

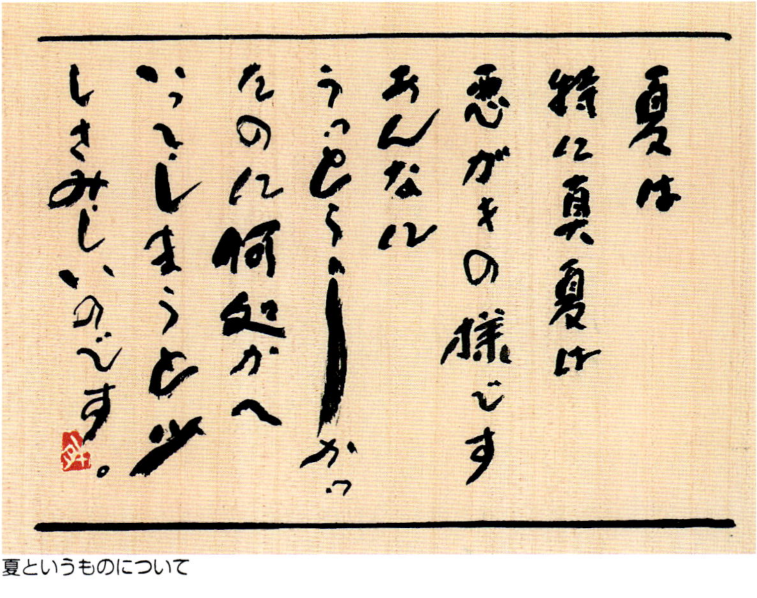

夏というものについて

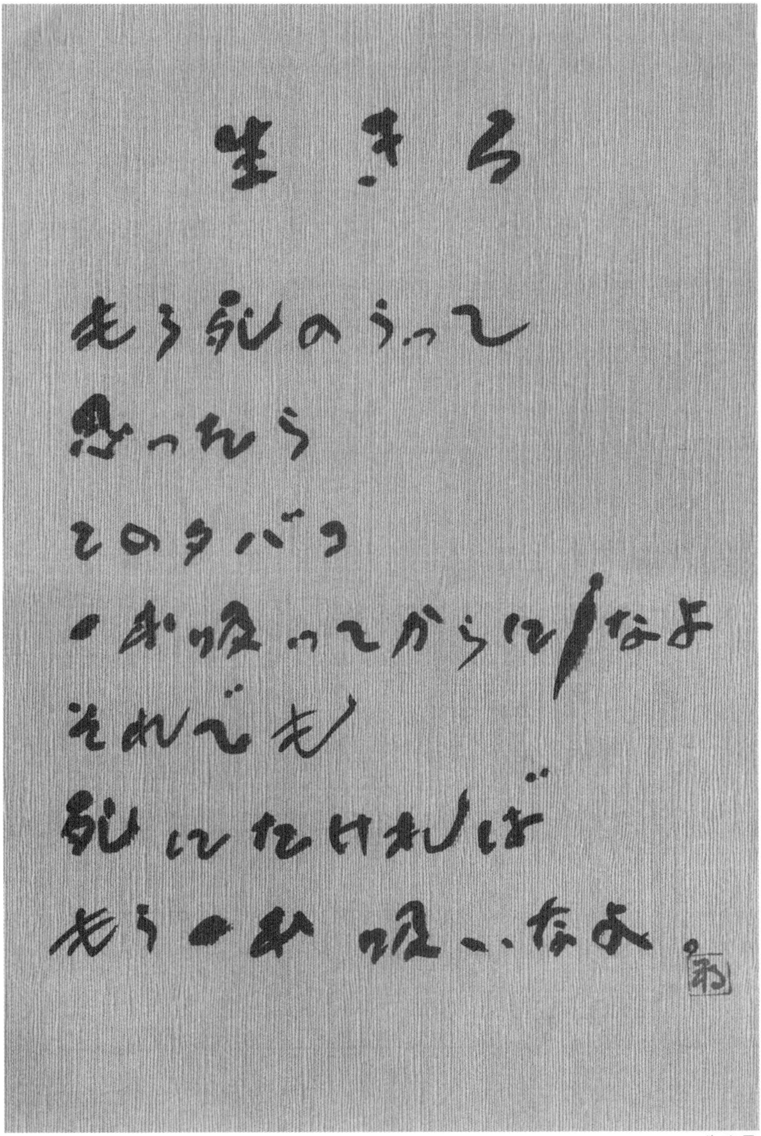
生きる
もう死ぬのかって
思ったら
このタバコ
一本吸ってからにしなよ
それでも
死にたければ
もう一本吸いなよ。

生きる

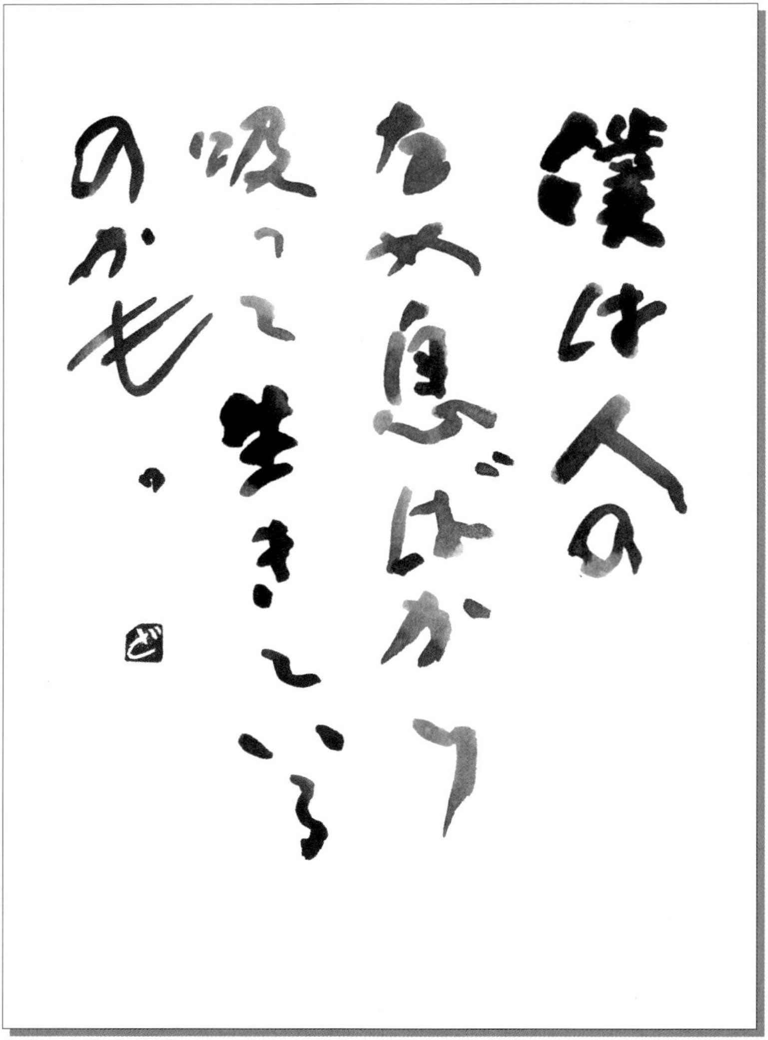

ため息

無関心

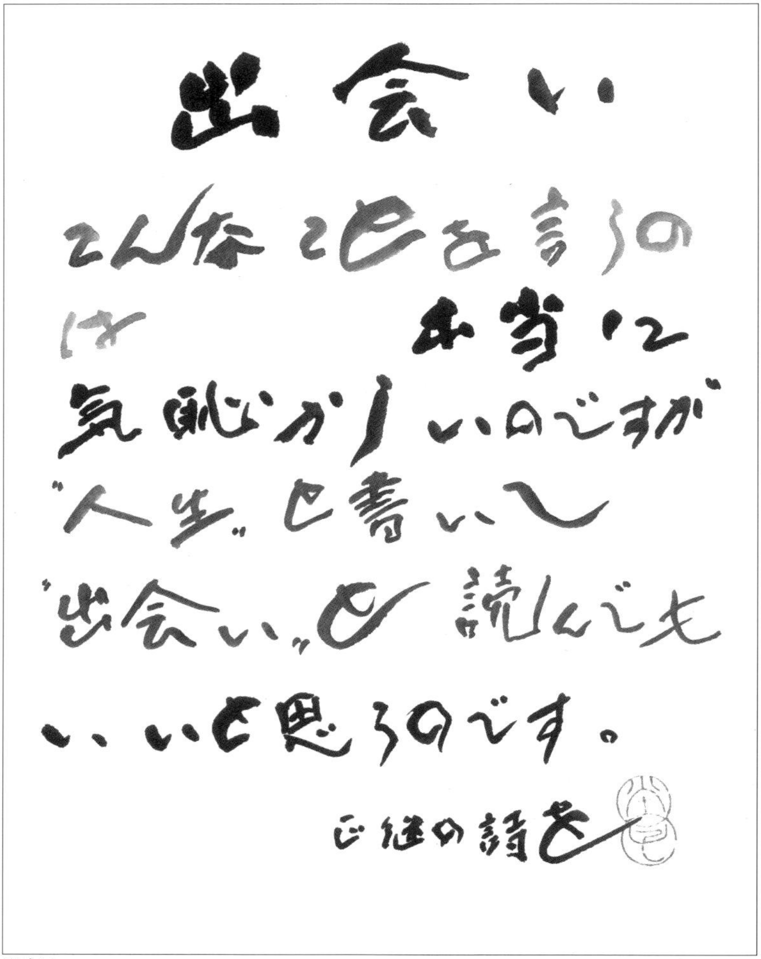
出会い
こんなことを言うのは
本当に
気恥かしいのですが
"人生"と言い
"出会い"と読んでも
いいと思うのです。
正継の詩
出会い

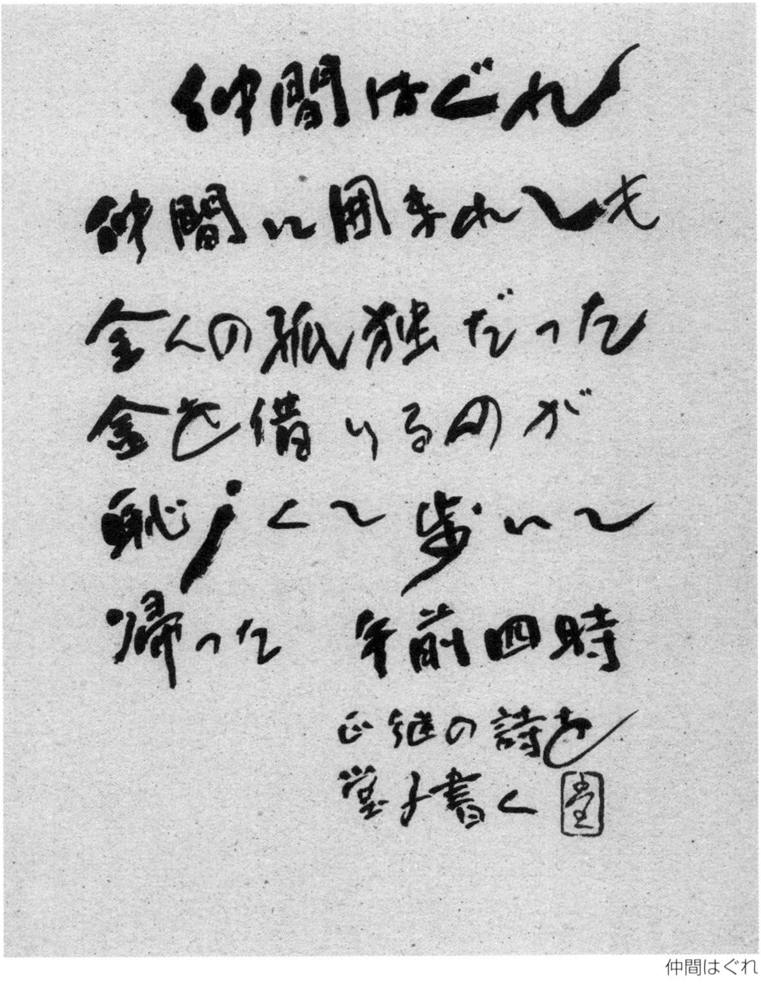
仲間はぐれ
仲間に囲まれても
全くの孤独だった
金を借りるのが
帰った　午前四時
正継の詩を

仲間はぐれ

雨

傘をおろして
いつもより多く
雨が降るなら

それは僕の
涙です
君を想い
頬をつたい
落ちてゆきました

山越の詩と

雨

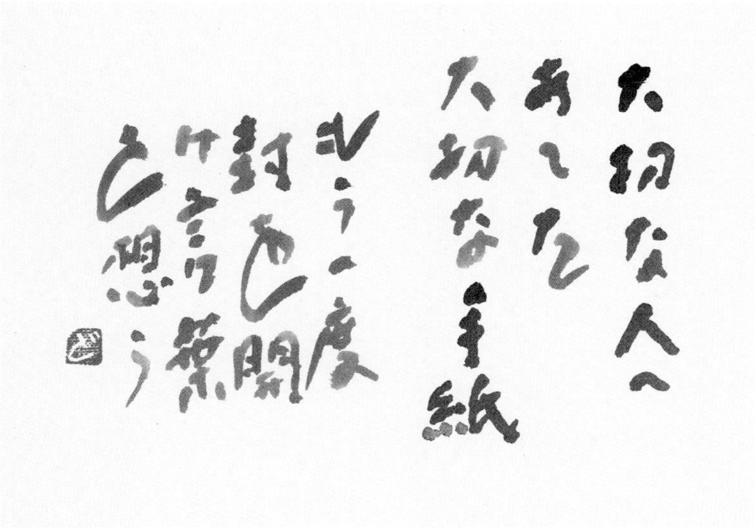

大切な人へ

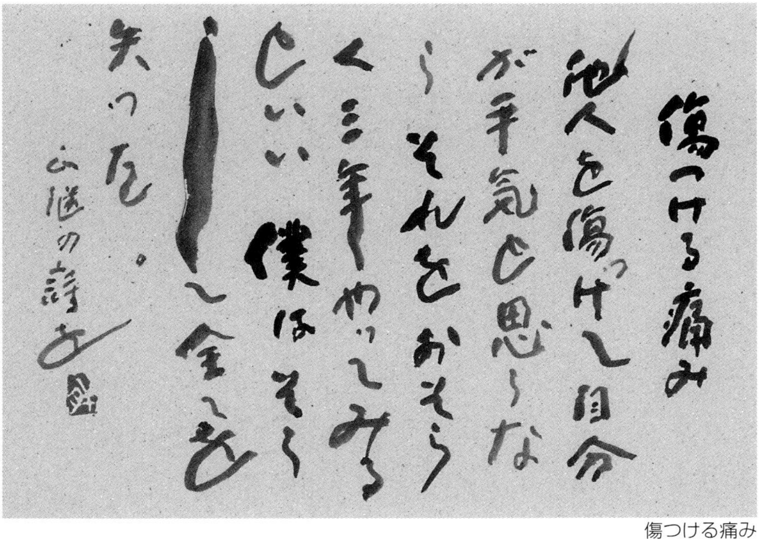

傷つける痛み

ーミミズー

ミミズ お前は
この コンクリートの 先の
緑に たどりつく 前に
ひからびて しまうよ
こんなに 暑いんだもの
お前は
目が見えないから
わからないだろうけど
でも
お前は たどりつこうとしている
たどりつけると 信じている

1999.10.29
心継の詩を 学子かく

ミミズ

人生

人は何の為に生まれてきたのか
考えようとした頃死んでしまう

絶望

怒りは
はじけて
絶望となる
たった
独りになる

男と女

男は心に在るものを
口で表せない
女は口にした事を
心に描けない

遠回り

君だって
くつ下を裏返しにはくこと
あるだろ
僕が道を外れたのも
そんな様なもの

カラス

壊れそうで
どうしていいか
解らずにいた
とりあえず
ビールを買った
封を開けると
カラス達が笑う

夢

何をさっきから
上　向いてるの
まずは
のぼりなよ

涙のゆくえ

涙はきっと
流したくもないのに
あふれでるものです
今日はそんな日です
涙のゆくえを知っていますか
涙は蒸発して
さ迷ったりはしません
頬でしみこみ
また新しい涙をつくるのです
或いは
頬で凍りつき
その人の形相となるのです
つまり
悲しみが宿るのです

優しい気持ち

優しい気持ちになるって
それだけで
幸せだよね
誰かにそんな気持ちになれた時
その人に
感謝しようよ

涙したあとの時

どんなに悲しい心でも
瞳からあふれた
雫の数にかかわらず
何故
優しい気持ちになれるんだろう

夜は気まぐれ

一人で居られない
夜がある
一人で居たい
夜もある
夜ってやつは
まったくの気まぐれだよ

鏡の前の僕

愛する人が眠った夜
鏡の前に立った
僕はたずねた
僕は優しいか
僕は勇敢か
答えは出ない
でも
瞳は
愛に満ちていた

証

愛する人の
不幸に
涙した
それは
証だった

どうして……

他人の為に
生きてきたつもりは
さらさらないよ
でも
みんなが僕を
生かしてくれているんだよね
それだけは確かだよ

小さな魔法

みんな風にのってきた
小さな魔法にかかって
恋に落ちる
その後
その人を
どう愛するか
どれだけ深く愛するかは
君の魔法さ

砂場のヒーロー

どうして僕が
そんな
ボロボロになってまで
夢を追うのかって
そう聞くのかい
だって僕は昔
砂場のヒーローだったんだぜ

ヒューマンタッチ

神の救済なんて
欲しくない
さしのべられた
温もりが欲しいんだ

思い出

時は流れてゆくけど
思い出までもが
流れていって
下水になるわけじゃないでしょ
今を大切にね

青空の人

僕にとって
私にとって
あの人は雲の上の人だって
よく言うけど
雲をかきわければ
そこに青空があるよ

いい奴だよ

謝るなよ
そんなに
謝るなよ
僕は君を責めてないし
君は何も
悪くないんだから
でも
そういう所が
君って
いい奴だよ

心はどこより……

わがままだったり
気まぐれだったり
本当なら
嫌になってしまうところも
好きになってゆく
そうゆう心って
どこから生まれてくるんだろう

抱きしめたい

片思いが
一番幸せなんて
絶対うそだよ
こんなに苦しいものはない
もう
抱きしめたい

男だもん

女の小言なんか
本当は
聞きたくないよ
でも
解ってあげなきゃ
いけないんだよね
守ってあげなきゃ
いけないんだよね
男だもん

愛する心は自分に

愛に飢えてるってゆうのは
愛されないからじゃない
愛する心を持ってないから

神の祝福

祝福されない
愛だから
とかさ
よく言うけど
愛し合ってるってだけで
人として祝福されてるんじゃ
ないのかな
誰かにさ

目について

僕らの目のしくみは
きっと
カメラといっしょじゃない
だって
見た人の
心が伝わるもの

うどん派のプロポーズ

結婚しよう
でも一つだけ言っとく
俺はうどん派だ
そばはつくるな

烙印

あの娘は
背中を向けて走っていった
友は疑いを
もちはじめた
社会には
つまはじきにされた
だけど
僕だけは
僕に
不合格の烙印を
押さないんだ

あすなろ

いいじゃないですか
今日がだめでも
今の自分が嫌いでも
そこで立ち止まらなければ
風向きも
変ります
そうです
きっと
風向きが悪かったのです
明日があります

だから
何も変らないなんて
言わないで
前に進みましょう
雲が西の方角へ
いっぱいあるか
少ないかで
今日の夕陽と
明日の夕陽は
違います
そのくらい
少しずつでも
いいじゃないですか

さよなら

あの子と別れた
あの日
さよならは言ったっけ

無題

恋はいつだって
手のひらの上には
なかった

信じる唯一

僕は何一つ
完全に信じない
うわさも
笑顔も
優しさも
でも君への想い
信じるしかない
だってこんなに
胸が苦しい

突然のこころ

いつも優しい人に
たまにでも冷たくされるのは
なんだか
気が抜けます
人はいつも同じように
優しい気持でいられないから
きっとそれも
受け入れなければ
ならないのでしょう
でも
なんだか
気が抜けます

明日へと続く道

いつも通りすごし
ひと眠りすれば
明日が来ると
誰もが思っている
でも
今を
一瞬を大切に生きている人にとって
明日へと続く道は
とてつもなく
険しい

耐え難い夜に

苦しくて
ただ苦しくて
うずくまった
できるだけ
小さくなってしまわないと
いられない気がした
それは死にたいって事じゃないんだ
ただ
もっと小さく
うずくまりたい

孤独

どうでもいい話
あたりさわりのない話
そうやって
仲間と笑う時
永遠に独りだと知る

ルードヴィッヒ作曲〝運命〟

自分が居なくとも
世界はたいして変らない
自分は誰にとっても
重要じゃない
愛されない
そんな自分に
何かを求める
運命が
突然
ドアを叩く

感謝

感謝します
おじいちゃんに
感謝します
お父さんに
お母さんに
感謝します
弟にも
友人にも
感謝します
僕は決してその恩を
返す事は出来ませんが
そんな僕にも
僕は
感謝します

あやまりまくり

今夜みたいな
すがすがしい夜は
皆に会いに行って
あやまりまくりたいよ

僕と海

海はあんまり
好きじゃない
海はあまりに広すぎて
僕の心は狭すぎて

小銭は語らない

他人の事を
冷たいだの
汚いだの
言うまえに
自分の足もとを見てみなよ
きっと小銭が落ちている
そいつはあっちこっちに
引っぱり回された
何でも知ってる
小銭だ
そいつにたずねるんだ
世の中どうなっているんだいって
小銭は何も語らねえよ
一つも愚痴は
こぼさねえよ

答えは僕に

色んな事が
ごちゃ混ぜになって
何が真実か
解らなくなる時がある
そんな時
僕は答えを
僕に尋ねる

口づけ

あの夜まで
僕のくちびるは
タバコを吸う為だけにあった

恋の闇

やっぱり
僕には
あの娘しかないと
感じた時
世界がまっ暗闇になったよ
そこに
はいつくばってるけど
先に
光はあるのかな

人間

人間は
ずるいものです
自己中心的なものです
きっと
それでいいと思います
でも
ずる賢くは
なりたくないです
解りますか

人間だもん

悩みながらで
いいんじゃない
だって
人間だもん

考えよう

金を借りたって
それは
自分のものじゃないでしょ
返さなきゃいけないんだ
だからさ
誰かの考えを
言いふらしたって
しょうがないじゃない

死にたかないよ

もう限界で
どうしようもなかった
でも俺は俺にたずねた
あの時の恩を
返さなくていいのか
あの時の悔しさを
晴らさなくていいのか
あの時の胸おどる
夢を
実現させなくていいのか
まだだ
まだ死ねねえ
死にたかねえ

今さらありがとう

ずっと支えられてたなんて
ずっと後押しされてたなんて
ありがとう

牙

どいつもこいつも
明けても暮れても
説教ばっか
しやがって
狼が牙抜いて
どうやって
生きていけばいいんだよ

期待の正体

僕にとって
期待は
裏切りに変わる
やっかいなものでしかない

何故だろう

何故だろうって
気持ちは
いつだってあるはず
けど
それを無視するのは
必要ないからじゃなく
なまけてるだけ

Fall in love

3秒
見つめて
恋におちた

流してたい……

僕は
人の心の優しさに
感謝のあまり
泣きだしたくなったり
泣いてしまう時もあるんだ
そうゆう時の
涙は
ぬぐえないよね

ヌケガラ

夢も希望も無いのは
この
世界じゃない
レールのひかれた
人生にうつしだされた
君の
ハートさ

恋はトルネード

恋はいつだって
突然訪れて
心をさらって
空のかなたへ

優しさを知りたい

優しさって難しいよ
そのつもりで
口にした事が
逆に傷つける事もあるから
人は
優しさの本当の姿を
知る為に
生きているのかも

今が大事

人間
落ちぶれ始めると
とことん
落ちちまう
ツメがはがれても
崖っぷちから
手を放すな

ポツリ

俺は
何だかんだと
孤独になっちまう
孤独に
逃げちまう

夏恋は失恋に終りぬ

笑顔を見るのが
つらくなる程
愛したあの夏
それは
一早く終りを告げた

恋は速歩き

どうして
僕の恋ってのは
いつも
速歩きなんだろう

出会いと別れ

人と出会い
幸福を得る
しかし人は
去ってゆく
そして
我々は悲しむ
もしかしたら
僕らは本質的に
悲しいのかも

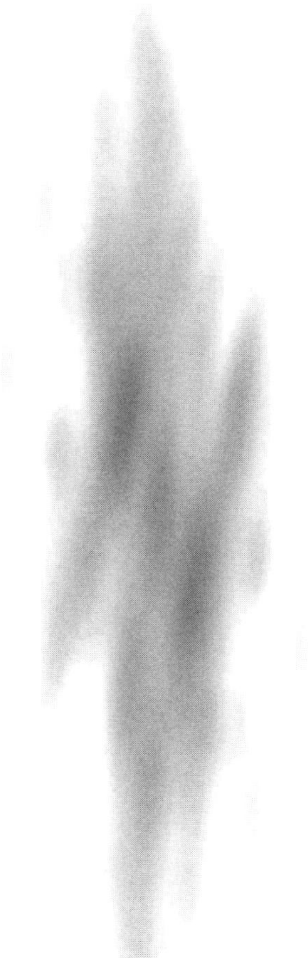

むさぼる男

知らなくても
いい事がある
知ってしまっては
いけないものもある
でも僕は
その全てを知りたいんだ
いけない事かな

花

このままじゃ
僕の人生
足跡だけになっちまう
せめて
一輪の
花を

ウルトラ

何故
この俺が
暴力的だって
そう聞くのかい
そうだな
結局
俺には
逃げ道も
近道もないのさ
もう帰んな
鬼が出るぜ

僕は思う

僕は思う
金がないなら
つつましく暮せばいい
左腕が無いなら
右腕を訓練すればいい
子供をもうけられないなら
夫婦でよりそってゆけばいい
人は
己に与えられたものの中で
精一杯
生きるべきだ

絶望の時

本当に絶望の淵にいる時は
幸せになりたいなんて
思わなかった
ただ
楽になりたい
そう思った

遠い空の下の二人

君はよく泣いたね
その意味も考えず
僕らは今
遠い空の下にいる
電話ごしにも
感情のひとかけらさえ
伝わらない

失恋

閉じていた眼を開けると
君はもう
いなかった

人生最大の苦難

人生で最も
疲れるのは
きれいごとを
言う時だ

明日のために

死ぬほど苦しい思いもした
うずくまって
死んでしまいそうな
夜もあった
でもその事によって
今日がある
それは明日のために
生きてきたから
だから
血みどろの今日も生きる
そう
だから
明日のために

欲望の矛盾

全てが
欲しいのに
全てを
壊していた

恋のパーセンテージ

君を見た時
恋のパーセンテージは
メーターを
振り切った

恋愛革命

二人で
恋の
常識を
変えようよ

失恋

運命のいたずらは
なかった
ただ
通り過ぎていった

惜愛

彼女はもう
ふり返りはしなかった

僕は何度も
後戻りした

In the name of father

ライオンの様に
たくましくなれとは
言わない
ハイエナの様に
かしこく生きろとは
言わない
だから
カモシカの様に
飛びはねてくれ
かけまわってくれ
『自由』
それが
お前に与えられた
使命だ

極悪蝶に咲いた花

俺はさ
ムカついたらよ
殴るは蹴るは
ひっくり返して
グシャグシャにしてよ
文句たれた野郎には
その場で
空きビン喰らわしてよ
解るだろう
あんたも極悪の
キレッパシならさ

まあ本題はここからなんだが
ちょいと聞いてくんねえかい
いつの日か忘れちまったけど
ビール飲みながら
バス停に居てよ
空きカン花だんにポイ捨て
しようとしたよ
関係ねえからな

でもよ
そこに
ちっちえ花が植えてあってさ
なんか知んねえけど
シラケちまって
空きカンは
家に持って帰ったよ
でよ
それでよ
その夜
あの花の淡い紫を思い出すと
すげえ気分がいいんだよ
なあ
あんた
信じられるかい

ロウソクと愛

ロウソクの炎が
消えるまで
愛し合おうと
決めた二人
炎が消えると
また
ロウソクに火をつけた

実らずの木

いいじゃないか
恋をしたって
だけでもさ

愛は必然

出会ったのは
確かに偶然だよ
でも
愛し合ったのは
僕らだろ

君の名

君の名前の
呼び方を変えた時
僕は少し
恥ずかしくて
二人は少し
近づいて

あなたのページ

さあ
ページをめくりなよ
そこは白紙だ
君が
書き込むんだ

関白宣言

もし
もしも
僕が妻をもらったなら
妻には仕事を辞めてもらう
女性も男性と同じように
人間なのだから
或いは優れたものも
たくさんもっているのだから
仕事に生き甲斐を
感じているかも
でも
それを捨ててまで
魅了させられてしまう
僕と
その女性の人生そのものを
僕は
捧げる

女心

急にむくれたり
はしゃいだり
女心って
本当に分からない
だから
傷つけるつもりは
なかったんだ
ごめん

我悩む故に我在り

本当の事を言えば
この世界で
悩まなくても
いい事なんて
一つも無いんだ

太陽と闇

僕は彼女を
太陽と信じた

彼女は僕を
闇と呼んだ

ハートの中

自分一人の力で
誰かを救おうなんて
僕らはそんなに
万能じゃない
ハートの中は
顕微鏡でも
のぞけない

盲目

あの人達は
目の前にぶらさがっている
真実に
手をのばさないんだ
それどころか
目を開けようともしない

尊敬

やっと
見つけたものは
追いかける
背中

冬

どうでもいい
おしゃべりが
数あるなか
あの娘の一言は
ハートにのしかかった
そして
冬がくる

人は人によって

〝お前らに
俺の何が解かる〟
そう思ってした事は
全て形を成さなかった

初めて出会ったあの日に

初めて出会った二人
今あの日に戻っても
また
同じ道を辿る
僕は
一通りの愛し方しか
知らない

抱きしめる事の意味について

抱きしめる
それは
心と心が
一番近くにあること

恋をしようよ

自分にしか
出来ない事
それを皆がやったら
世の中
成り立たない
だけどさ
僕らだけは
僕らにしか出来ない
恋をしようよ

Thank you

男がいた
何もかも失った
ぬけがらになった己を嘆いては
ただ歩いた
その果てに
小屋を見つけた
周りには何もなかった
ただ一輪の
赤い花が咲いていた
男は小屋で暮らす様になった
仕事のかたわら
毎日
その花に水をやった
花が少し数を増やした頃
男は死んだ
やがて
小屋の周りは
赤い花でおおわれていた

皆さんへ

皆さん
聞いて欲しいのです
人を
そんなに
けなしたり
ないがしろにしたり
さげすまないで欲しいのです
人は
素晴らしいですよ
本当なんです
だから僕は
家族が好きです
友が好きです
あの娘が好きです
皆さんが
大好きです

どうしてだろう

どうしていつも
僕は
こんななんだろう
あなた達が
そんななのは
気にならないのですが
どうして僕は
こんななのか
とても
気にかかります

失恋

今夜は特に冷えます
〝気持ちはうれしいんだけど〟
その言葉が
たまらなく
冷たい
そんな夜です

寒い夜に

今夜だけは
いくら
灯をともしても
凍えそうです
ですからいっそ
火にかけて下さい

最後の言葉

別れを告げた
彼と彼女
互いに宛てた
最後の言葉は
〝ありがとう〟

Kiss

あの時
君に口づける時
引き金を引く
覚悟だったよ

瞳

勇気を出して
鏡の前に立った
濡れた目ん玉は
まだ
生きていた

命の証

僕は
命を確かめる時
手のひらに
涙を落として
強く握る

強すぎた想い

僕の愛を
君は
恐れた
そして
忘れた

水

水は
美しいものです
とうに忘れていました
今朝
草を濡らしていました

いつから僕は

こんな人間になりたくない
そう思っているのに
その人間の話に
大笑いした
昔なら
殴りとばして
部屋に独り
ピアノを
聴いていたのに

希望

手のひらから
今にも
こぼれ落ちそうな
かけら

恋

〝下の名前は
何ですか〟
それも聞けない

僕

失恋したら
三年
立ち上がれない
情けない男です

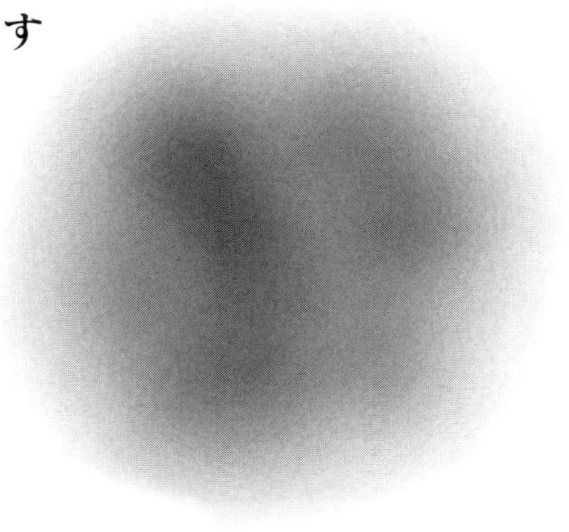

意地

救って下さい
などと言ったら
僕は
音を立てて
崩れるだろう

利己的遺伝子

血縁を愛するのは
利己的遺伝子の
仕組みだという
愛ではないと
いう事だろうか
弟が可愛いのは
愛ではないのか
そうか
なら
利己的遺伝子に
ありがとう

あなたの心

切なくて
携帯電話をとりました
あなたの名を探して
番号が出たとたん
電源を切りました
解っているからです

三年

君と別れてから
三年愛したのは
美しすぎて
その光の中の影を見つけるのに
それだけかかったってだけさ

懺悔

懺悔をするなら
暗闇がいい
でも一つだけ
灯はつけておこう
どんなに自分を
弱く
醜く
思う時も

タクシー

今日
僕について
君について
つまり
愛について
考えたくなくて
タクシーで
帰りました

それが愛

好きである事が
つらいと
思った時

夢にそうであれ

我が子が崖から落ちる
その時腕を掴む
腕はしだいに
しびれてくる
君はすぐ腕を離すかい
どうせ落ちるからと
そう思うかい
力の限り助けようと
もう必死だ
ついに力尽きるか
引き上げるか
夢にそうであれ

愛してるの響き

へこまないよ
〝愛してる〟
以外は
言われ慣れてるから

ロミオ&ジュリエット

君はジュリエットの様に
美しかった
でも僕は
ロミオじゃなかった

告白

僕が望むのは
君の優しい言葉じゃないんだ
愛してるって
一言伝えられる
勇気なんだ
その後の事
考えずに済むように
酒をあおるけど
無理だよ

頭だけのカブトムシ

夕暮れより少し前
頭だけのカブトムシを見た
僕は好奇心で
彼を拾った
彼は手足をはげしく動かした
僕らは
苦しい時　悲しい時
どうしようもなければ
自ら死を選ぶ方法を
いくつか知っている
彼は知らない
僕は彼を静かに置いて
ふみつぶした
僕らは何て弱いんだろう

ナポレオン

不可能という言葉
挑戦と呼ぼう
今日から
そう
今から

天空への想い

涙が出そうで
上を向いた
天井が
夜空を
はばむ

幸福の薬

一生幸福でいられる薬
そんなものいらない
幸福は
苦悩の奥に潜む
一瞬のまばたきだから

階段

何処かに
とてつもなく
長い階段があれば
のぼりきった時
君の事
忘れられるのに

夢追い人

僕が夢を語る時
そんな目で見るなよ
本気なんだから

堕落の果て

堕落に
終わりは
ありますか

美

大自然が
美しいなんて
昔をなつかしがるなんて
どうかしてる
僕らが吐き出した
ゴミの山の
ブリキのオモチャだって
きっと美しい

知の覚醒

火ってのはものじゃなく
現象なんだ
それを知った時
僕がどんなに
胸おどらされたか
解るかい

愛し合い、そして……

愛し合う事
それは許し合う事
それが出来なくなった時
恋人達は
別の道を辿る
振り向きもせず

ルーツ

過去を振り返るなって
誰かが言ってた
過去とは
ルーツだ
生きてきた証だ
それを意識して
未来は
光と
希望を
おびる
そうだろう

休息なんて

人生は長い
ここらで一休み
なんて考えられたら
僕はどんなに
上手に生きられるか
楽に生きられるか
でもそれは
僕じゃない

口づけたい

たまに
部屋に二人きりになるよね
口づけたいんだ
でも君は太陽の様なんだ
誰だって
太陽に口づけようとは
思わないだろ

涙する時

皆
悲しい時
くやしい時
涙する
僕は
自分を信じた時だけ
涙する
愛した分だけ
涙する

ギャンブル

馬がどうとか
台がどうとか
それをまるで
美学にまで飾り立てる
そうゆう人に限って
人生を賭けてみない
自分そのものを賭けてみない

不幸

不幸とは
どうやら
その出来事ではないらしい
それを
恐れる事と
後悔する事

人間失格

僕は
駄目な人間です
僕の期待に全く
応えられません

嫌気

うどんを食べ過ぎて
吐き気がしたら
うどんが原因だと
解るだろう
日常に嫌気が差すのは
楽しさばかり
溜め込むからだよ

僕のもの

僕は
君達のものじゃないんだ
どうして
決めつける
わがままとか
怠け者とか
僕はずっと
僕のままなのに

僕の愛し方

僕は
頼りないし
いい加減だよね
でも
記念日は
演出したろ
僕らの恋に
色を塗ったろ

利己的な時

時は利己的だな
口づけの間も
その動きを
ゆるやかなものにしない

勝手にしやがれ

僕が
何の
道徳や誇りや愛を持たず
ただ生きている様に
見えるか
それじゃあ
勝手にしやがれ

罪と涙

君は冷静に
別れを告げたね
僕の涙は
君への想いじゃなくて
君を愛しすぎた罪に対する
罰としての涙さ

愛の覚悟

君を
永遠に愛する覚悟と
永遠に忘れる覚悟は
一日に
三回入れ替わる

家庭教師

その問題が
解けたら
トマトの
まるかじりのコツ
教えるよ
最高なんだ

星と君

女は星の数ほどいるって
よく聞く
僕は
一つの星しか
知らない

君に電話

君に電話する時は
まず
髪型をきめなきゃ

滑稽な愛

傷ついた
あなたを前にしては
僕の愛が映した
言葉や表情は
全て滑稽に思えた

約束

君の手紙は
約束だらけだね

友情

友情が欲しければ
まずその人の
長所を見つける
そのあと自分の
欠点を見つける
そうすれば
もう二人は親友だ
共通点は要らない

七夕

七夕が何日だとか
誰と誰が顔を合わせる日だとか
よく覚えていない
ただ
気持ちは解るよ
僕も一年に一度くらいしか
あの娘に会わない
だけど
君らは幸せだよ
愛し合ってる
あの娘はきっと
僕を見てない
一年で一番
悲しい日
でも
それでも
一目でも

著者プロフィール

川辺 正継（かわべ まさつぐ）

昭和50年、千葉県にて出生。
いなげ市民ギャラリーにて、過去2回詩の個展を開催。

吉田 堂子（よしだ どうし）

書家。川辺正継の祖父。平成14年2月他界。

愛してると言えなかった　ありがとうと言った

2002年10月15日　初版第1刷発行
著　者　川辺 正継
発行者　瓜谷 綱延
発行所　株式会社 文芸社
〒160-0022　東京都新宿区新宿1-10-1
電話 03-5369-3060（編集）
03-5369-2299（販売）
振替 00190-8-728265
印刷所　モリモト印刷株式会社

ISBN4-8355-4362-9 C0092